Reise

Für Salean Maiwald

Auf Eisschollen treibt
der weiße Schlaf
in ein ungewisses Blau
von Gletschern bewacht
dieser unnahbare Glanz
unterwegs
das erschrockene Lachen
der Eissegler
dann wieder Stille
dem Albatros folgen
noch weit entfernt
der Horizont
über dieser Stunde

Fatum

Für Bärbel Harlfinger

Auf dem Grund der Meere
schlafen die Götter
und träumen
unser Schicksal
Manchmal drehen sie sich
um
Sturm kommt auf

Nixentraum

Für Sabine Könner und Felix

Nur selten stürzt ein Flugzeug
ins Meer
zu viele untergegangene Schiffe
und Boote
langweiliges Spielzeug
für die Nixen
die davon träumen
daß Piloten aus allen Wolken
in ihre Arme fallen

Sprechübung für Wale

Für Gernot Spieß

War ich nicht eben noch Wolke
will die Welle wissen
Wer weiß
was wir sind
oder werden
Woge
Werde
Wage Wandlung
wispert
der wandernde Wind
Wundere dich

Fang

Für Georgette Dee

Manchmal geht einem Fischer eine Nixe
ins Netz
Das Wunder bleibt sein Geheimnis
Nie kehrt der Fischer zu den Seinen
zurück

Antwort

In memoriam Liane Sodenkamp

Unsere Mutter
das Meer
antwortet
auf die Fragen
ihrer Kinder
mit Gesang

Mayday

Für Carola Möller

An die große Glocke
hänge ich
meinen Notruf
über
Tag und Traum
hinweg
läutet es
Sturm
auf allen Meeren
bis
der Steuermann
seinen Kurs
ändert

Felsenfest

Für Manfred Schlapp und Andrea Kühbacher

Fels in der Brandung
wünsche ich mir
Endlichkeit
wessen Gebete
halten mich
fest
unerschütterbar
oder wankelmütig
wiederholen sich
Glaube
Liebe
Hoffnung
wie lange noch
braucht mich
dein Schlaf
erschöpft
von den Gezeiten
will ich
niemandes Trost
mehr sein

Diese Tage

Für Christoph Klimke

Kein Meer
finden diese Tage
traumlos
bleiben sie
unter Wasser
verschwimmen im Trüben
keine Mahlzeit
für die Fische
in kein Netz
gehen
diese Tage
auf keinem Grund
kommen sie an
Diese Tage bleiben
unter Wasser
traumlos
niemandes Beute

Insel

Für André

aus welchem Holz ist die Hoffnung
geschnitzt
das schwankende Boot
auf offener See
Sturm kommt auf
während ich schlafe
hältst du den Kurs
ganz nah
unsere Insel

Verwandtschaft

Für Ralph Fellermann

Gestrandet
nach wie vielen Irrwegen
ist der Wal
in meiner Geschichte
verfloß sein Leben
in all den Zimmern
warte ich
vor jeder Wand
auf den Ruf
meiner fernen Familie

In einem Boot

Für Henry Kersting und Christian Seidlitz

1

Unser altes Boot
bettelt
um Wind
in der uns
einschläfernden
Flaute
reißt es sich
los
von der Ankerkette
Hißt
gläubig
die von vergessener
Reise
rissigen Segel
als wären sie
seetüchtig
Ohne Kompaß
nimmt es
Kurs auf
ins Unbekannte

2

Laß uns nicht
furchtsam sein
Sturm
vor der Stille
wollen wir wagen
Du und ich
in einem Boot
auf großer Fahrt

Wolke

In memoriam Heidi Wegener

Wolke
wirst du sein
Nomadin
Sonne und Mond
umarmen
unsere immerwährende
Sehnsucht
Wolke
wirst du sein
Nomadin
über allen Tagen
über allen Nächten
wandern
über unseren Schlaf
wohin
wissen die Sterne

Schwimmbad

1

Für Michael Sollorz

Kein Tiefenrausch
im gechlorten Blau
Die Gestalt
in der ich gestrandet
bin
bleibt auf ihrer Bahn
Kein Wunder
geht
über
das Wasser
Unverwandelt
verschwimmen wir uns
vor den Augen

2

Für Felix Dörstelmann

Jeder scheint
in seinem Element
der Schwerkraft
tapfer
zu trotzen
Von der Leichtigkeit
des Seins
träumen
Nilpferde und Nashörner
Unerträglich
sind nur
die Zierfische

3

Für Georg Weise

Den verschwommenen Tagen
die Stirn bieten
nicht untergehen
so tun
als gäbe es Götter
Durchschaubar sind
Zeit und Raum
im Aquarium
keine tröstlichen
Rätsel
Gezähmt
sind alle Stürme
so tun
als gäbe es Götter
Dankbar läßt Neptun
seine Muskeln spielen

Gegenwart

Für Helga Martin

Was wir sind
in diesem Augenblick
verschwindet
Zwischen den
Namen und Orten
ist alles
ein Luftbild

Anatomische Fluchtwege

I

Für Ilse Wenzlau

Hals über Kopf
fliegt
die linke Hand
südwärts
flüchtet
der rechte Fuß
in den Norden
richten die Augen
ihre Blicke
gen Osten
hütet
mein seßhaftes Herz
im Westen
sein Fernweh

2

Für Peter Slavik

Meine alten Tage
schlagen sich
in die Büsche
und warten
daß der Mond
aufgeht
über den
vergangenen Jahren

3

Für Traudlinde Bals

Ich kann dich nicht
mehr riechen
sagt sie
Du bist mir
ein Dorn
im Auge
Nie wieder
blüht
unsere Rose

Kater

Für Marcel Atze

Nur einen Katzensprung entfernt
das andere Leben
das wir nicht wagen
unsere Stunden sind
magere Mäuse
für den Kater
mit dem wir täglich
aufwachen

Theater

Für Richard Pietraß

Wir kommen
auf die Welt
um zuzuschauen
wie wir
vorbei
gehen

Animalische Kontaktaufnahme

Für Egbert Hörmann

Vogel undefinierbar
zwitschert aufs Handy
Maulwurf schickt
alle fünf Minuten SMS
Hirsche röhren auf dem AB
(oder Elche)
Auf dem zweiten AB
monologisiert
ein Kakadu
In meiner Mailbox
newsletters
aus dem Regenwald
Zwei Faxe vom Dackel
aus der Nachbarschaft
Auf einen Brief
vom Braunbär
warte ich schon lange
Auch das Eichhörnchen
hat seit Ewigkeiten
nicht mehr angerufen
Es wird Zeit
daß man sich mal wieder
persönlich
trifft

Traum des Mieters

Für Georg Tscholl und Gwendolyne Melchinger

Ich warte nicht
bis mir die Decke
auf den Kopf fällt
und Staub aufwirbelt
im möblierten Schlaf
der Jahre
Unverriegelt
bleiben alle Türen
auch die Fenster
öffne ich
dankbar den Dieben
die mich von den Dingen
befreien
Im leeren Raum
verschwimmt
der Boden unter den Füßen
ins Weite
Bevor die tapezierten Wände
stürmisch protestieren
gegen den Stillstand
fliegt das Dach
über dem Kopf
davon

Internetleben

I

Für Stephan Runge

Auf virtuellen Meeren
surfe ich
tollkühn
in jeder Gestalt
die ich mir
erfinde
allmächtig
Gott unter Göttern
versenke ich
gnädig
ein verwundbares
Schicksal
erschaffe die Welt
in sieben Sekunden
tauche unter
in wessen Geschichte
weiß nur
die Maus

2

Für Albrecht Piper und Mario

Den Tod lösche ich
mit einer Taste
speichere
Schönheit
Jugend
Unsterblichkeit
Für eine Weile
stürze ich
nicht ab
ins Leben

Tabellarischer Lebenslauf

Für Thomas Endl und »Schubert«

Den Lebenslauf
und seine Geradlinigkeit
schieflachen
In den aufgeräumten Jahren
erscheint alles
verrückt
Keine Stunde
fällt aus
dem Rahmen
Am Ende
will ich
ein schräger Vogel
sein
Suche mir ein
Wolkenkuckucksheim
und lasse meine Tage
auffliegen

Luftschloss

Für Bernhard Banoun und Kai Fritsch

Nun fehlt mir das Geheimnis
des Frosches
vergeblich werfe ich den Prinzen
gegen die luftigen Wände
zu wenig wiegt alles
hier oben
die erfüllten Wünsche
schmücken die Leere
nicht einmal die Elster
läßt sich blenden
etwas mehr Dialektik
und das Märchen wäre zu
ertragen
verbittert sitze ich auf
meinem Wolkenthron
und warte auf ein
Gewitter

Weltwunder

Für Sigrun Casper

Jemand hat leise den Eiffelturm
vor mein Fenster gestellt
als wäre es kinderleicht
das Weltwunder
Vor lauter Zuversicht
beuge ich mich
noch einmal
gläubig
dem Anfang
Endlos erscheint
der Höhenrausch
unseres Frühlings
Ich glaube ich träume
ruft meine Nachbarin
und schaut verwirrt
auf die Touristen
die in den Hinterhof
strömen

Offenbarung

Für Robin Hemmer

den Hut in die Luft werfen
die alten Schuhe ins Feuer
barfüßig
im Fluß der Tage
eine Handvoll Asche
ausstreuen
bis das gefälschte
Spiegelbild
verschwindet
in mir
taucht auf
endlich
Ich

Verbündete

Für Adina Seeger

Nicht länger ist meine arme Haut
schutzlos
der Igel leiht mir brüderlich
seine Stacheln
zusammengerollt wartet mein Schlaf
bis seine Feinde mit der Dunkelheit
verschwinden
Nicht länger fürchte ich mich
vor den dünnhäutigen Tagen
die Schildkröte borgt mir schwesterlich
ihren Panzer
langsam aber sicher bewege ich mich
vorwärts
Nicht länger bin ich mutlos
mit den Flügeln des Falken
komme ich
leicht
über mein Schicksal
hinweg

Geschenk

Für Thomas Schweikert

Scheinbar verglüht
Stern unter vielen
Erloschen
Namenlos und ungezählt
Verschwindet er
Von seinem Platz
Leuchtkraft sammelnd
Fällt er mir zu
Nach wie vielen Lichtjahren
Meine Sternstunde

Gewissheit

In memoriam Anne-Marie Wirz

Noch nicht hörbar
das Lied
in das ich mich
verwandele
mit jedem Tag
leichter
steige ich auf
zu meinem Stern

Ikarus

Für Boris Steinberg

Die Flügel
die mir gewachsen sind
im kindlichen Schlaf
breite ich aus
im Licht
eines neuen Morgens
träume den Aufflug
zitternd vor Anspannung
während ich zaudere
Einen Augenblick
scheine ich
furchtlos
über alles
hinweg
zu kommen
bevor die Flügel
abfallen
mit einem Schmerzlaut
und ich
auf allen vieren
zurückkrieche
zu den
bekannten Tagen

Lebenswillen

Für Ingeborg Quaas

Auf dem letzten Loch
pfeife ich
den Sensenmann
zum Rückzug
Erlösen soll niemand
die Jammergestalt
Die mich bemitleiden
sind nur zimperlich
Zum Teufel mit
all den Mimosen
Lobpreisen
will ich auch
meine Hölle
und leben

Ratschlag

Für Thomas Meinecke

Reiß dich zusammen
sagen die Freunde
als ginge kein Riß
durch meine Jahre
als könnte sich
die Zeit
noch viele Sprünge
leisten

Sisyphus

Für Klaus Koppe

So lange den Stein rollen
und alles ertragen
bis gnädiger Schlaf
den Sisyphusjahren
Asyl gewährt
Vielleicht auf dem
Gipfel eines Berges
vom Meer träumen
und warten
daß der Stein
einen Grund
findet

Zuversicht

Für Renate Muik

Erdgebunden
vergehen die Jahre
Wir folgen
der Kriechspur
Entfesselt
im Schlaf der Raupe
eine andere Zeit
Wann
entpuppt sich
diese Stunde
als Schmetterling

Notiz

Für Martina Köhler

Mit den Tagen
sinken wir
in Träume
von anderen Tagen
Auch diese Woche
verfällt
dem Trugbild
Ein Leben lang
schlafen wir
mit offenen Augen
bis alle Jahre
vergangen sind
in unserer Abwesenheit

So

In memoriam Frank Schendler

So
vergehen wir
ausweglos
von Anfang an
gehen wir
vorbei
schlaftrunken vor dem
Gelächter der Sterne
manchmal ein Luftsprung
So
geht alles
weiter
niemand hört
wie Gras
über unsere Geschichte
wächst

Blackout

Für Paul Flora und Ursula

Gott hat wieder mal seinen Text vergessen
niemand da
der ihm souffliert
welches Schicksal
steht auf welcher Seite
in welchem Drehbuch
Der Regiestuhl ist leer
die Komparsen stürzen sich
auf die Hauptrolle
Niemand weiß
in welchem Film
wir gelandet sind
Bitte Ruhe
wir drehen
uns
im Kreise

Bilanz

In memoriam Reinhart Hoffmeister

Die Tage sind dunkel geworden
kaum noch zu unterscheiden
Siege und Niederlagen
wer hat wen wann und wo
verraten
Das Herz ist ein müder
Kampfhahn
der dreimal kräht
bevor er verstummt

Lichterloh

Für Friz Kröhnke

Nicht zu löschen
mein Feuer
lodernder Traum
lichterloh
über
allen Jahren

Legende

In memoriam Ronald M. Schernikau

Wie lange dauert
unser Fall
Wir sind nicht
verloren
Absturz
mit den Göttern
wagen
Alles
noch einmal
anders
denken

Herbstspiele

Für Walter Foelske

Hinfällig
scheint mein Schicksalsblatt
in diesem Herbst
Nicht aufzuhalten
der Niedergang
Längst überfällig
in den Augen der anderen
Niemand weiß
daß sich in mir
Frühling
versteckt
Nicht zufällig
sinke ich
in hellste Zuversicht

Tagebucheintrag

Für Gina Bartholdy

Gebrechlich ist Mutter Erde
müde dreht sie sich
um die gläserne Zeit
in den Scherben
spiegeln sich
Sonne Mond und Sterne
das vergessene Kinderspiel
ein Abzählreim
unsere Tage

Zirkus

Für Andreas Walther

Der Löwe springt
durch den
brennenden Reifen
mit jeder Vorstellung
sich weiter
entfernend
vom Trugbild
dem alle applaudieren
Niemand entziffert
die Flammenschrift
unbekanntes Feuerzeichen
der siebenundzwanzigste
Buchstabe

Verwandlung

Für Rosa von Praunheim

Der tollwütige Fuchs
folgt mir
in diesen Winter
Nicht länger
laufen wir Amok
in den Städten
Entfernt
von allen Namen
trifft uns
früher oder später
die Kugel
Im Traum des Jägers
nehme ich
seine Gestalt an
Rotfuchs im Schnee

Einsatz

Für Tim Lienhard

Jemandes Beute
bin ich
in diesem Spiel
todernst
vor dem Blick
der meinen Lebenslauf
fixiert
die gezinkten Tage
und Nächte
nirgendwohin
flüchte ich
die Augen des Jägers
entlarven
den Falschspieler
überall
noch wie viele Jahre
im Ärmel
setze ich alles
auf diese Stunde

Der Gast

Für Hans Stempel und Martin Ripkens

Der Gast
den ich rief
in meinem Kinderzimmer
landet
einige Jahrzehnte später
in meiner Nacht
ziemlich ramponiert
zu viele Gebete
beschweren
seine Flügel
Das unaufhörliche Gezeter
der Sterblichen
überfordert auch
die Engel
denke ich
und schweige
Ich trage
meinen müden Geist
ins Bett
und wache
über
seinen Schlaf

Freundschaft

In memoriam Detlev Meyer

Nicht länger schaue ich
ungläubig
auf das Einhorn
in meinem Hinterhof
Unbeschwert von Vernunft
staunen wir beide
daß es uns gibt
Ohne Angst vor dem Rätsel
wächst
unsere fabelhafte
Freundschaft

Reise

Für Karl Lubomirski

Dem Kind
das ich gewesen bin
folge ich
durch alle Jahreszeiten
Wohin führen die
Spuren im Schnee
frage ich
und fürchte mich
Spiel Anfang
und Ende
Verwandele dich
sagt das Kind
und weckt mich
aus kaltem Schlaf
Träume
Unsere neue Reise
beginnt
jetzt

Eiskönigin

Für Irene und Holger Runge

Aus Schnee
ist die Krone
der Eiskönigin
Ewige Treue
muß ich
ihr schwören
Aus Schnee
ist dieser
glückselige
Tag

Kann ein Königreich
für immer
verschwinden
In weißer Stille
antwortet
kein Sturm

Verirrt
habe ich mich
in eine
andere Kälte

Schneeblind
fallen die Jahre
in diesen Winter

Über
das gefrorene Meer
gehe ich
lebenslang
den Weg
zurück

Schiffbrüchig

In memoriam Christoph Bracht-Sodenkamp

An welchem Riff
kentert
ein Leben
Auf welchen Grund
sinken
die Träume
Nichts weiß ich
Unter den Wolken
wächst
Sehnsucht
Eisblume
am Fenster
eines anderen

Schneckentempo

Für Helene Matt

Im Haus der Schnecke
bleibe ich
Gast
frage nicht
wie schnell die Zeit
vergeht
Die Minuten üben
Ewigkeit
auf dem Weg
zur Stunde
Im Schneckentempo
wandere ich
durch die Jahre
Langsam
auch
über
die
letzte Grenze

Luftpost

Für Erika Broschek

Der Sturm
den sich der Postbote
an diesem Vormittag
ausdenkt
läßt ihn aufsteigen
höher und höher
bis er alle Hausnummern
und Namen
vergessen hat
Nicht mehr weit
von der Sonne entfernt
funkelt
das gelbe Rad
Der Zeitpunkt
für eine neue Geschichte
leuchtet
uns ein
Rechnungen und Mahnbescheide
verschwinden für immer
in diesem Sturm
Nur Liebesbriefe
fallen
aus allen Himmelsrichtungen
uns zu

Kintopp

Für Brigitte Knobl

Wenn du mein Versteck
findest
erlaube ich dir
vielleicht
mich zu lieben
verspricht
die Göre
aus der Nachbarschaft
die zu oft
ins Lichtspielhaus
geht
was meine Suche
erleichtert
Nach vierzig Jahren
mal wieder im Kino
ist mir
als wären wir beide
nun endlich
im selben Film

Liebestoll

Für Gunda Sauerbrey und Manfred

Mit Tollkirschen
füttert sie mich
bis ich tobe
von Hoffnung
vergiftet
muß ich
Federn lassen
in diesem Sommer
Glücklicher Papagei
wiederhole ich
jeden Absturz
im Zweifelsfall
Liebe
nimmt sie
schon bald
ihren roten
Fingerhut

Fest

Für André

Du schmeckst nach
dem Salz des Meeres
nach Rotwein und Zigaretten
unserer ersten Nacht
ohne Ende

Du schmeckst nach
dem Salz der Tränen
nach Rotwein und Zigaretten
zu vielen Nächten
ohne dich

Du schmeckst nach
Novembernebel
nach Ankunft und Anfang
unserer Zukunft
die uns träumt
vor wie vielen Jahren
in unserer ersten Nacht
ohne Ende

bleiben wir
Du und ich
ein Fest

Riss

Für Andrea Kühbacher

Es geht
ein Riß
durch die Schöpfung
durch jede Liebe
träumt
die sich häutende
Schlange
unter dem Baum
Verwundet
das Wunder
seit Anbeginn
verdirbt
auch den
köstlichsten Apfel
der Wurm

Unbelehrbar

Für Martin Heim

Sehnsucht
närrischer Vogel
gerupft
von Anfang an
wartest du
mit deiner
letzten Feder
immer noch
auf wen

Salamanderschlaf

Für Ho Pham Huy Don

Unter der Sonne
schlief der Salamander
auf einem Stein
den ich aufhob
Stunden später
als der Salamander
mit der Sonne
verschwunden war
Stumm blieb
der Stein
vor allen Fragen
die ich durch
mein Leben schleppte
Jahrzehnte später
in schlafloser Stille
hütet der Stein
das Geheimnis
des Salamanders
jene ferne Stunde
unter der Sonne

Landleben

I

Für Leonhard und Margit und Gunhild Paulmichl

Nicht vergessen darf ich
jenes Huhn
das ermordet wurde
anläßlich
des siebenten Geburtstags
meines Freundes

Wir schweigen
als sein Vater
mit einer Axt
unsere Linda
enthauptet
Besudelt sind
alle Glückwünsche
Eine rote Fontäne
schießt
auf die Verräter
Nie versiegt
die Quelle
ihrer Schuld

Kopflos
fliegt jene Stunde
immer noch

über die Jahrzehnte hinweg
Vergießt
auf diesen vernünftigen Tagen
das Herzblut
meiner Kindheit

2

Für Detlef Höhl

Die Häuser
ducken sich
ins Dunkle
lauernd
Kein Gedanke
ist
frei
vor diesen Fenstern
Sprungbereit
zählen
gelbe Raubkatzenaugen
nachts
jeden Fehltritt

3

Für Martin E. Kautter

Kein Kraut ist gewachsen
dem bösen Blut
seit Generationen
fließt es
verläßlich
durch die Adern
der durstigen Wände
von Haustür
zu Haustür
unheilbar
das Geschwür
der üblen Nachrede

4

Für Elke Kleinwächter

Wem spucke ich heute in die Suppe
Wessen Katze vergifte ich morgen
Auf dem Besen reiten
können alle
nicht nur bei Vollmond
gedeiht die Intrige
Wer vergällt wem die Freude
Welches Gerücht bringt wen
schneller um die Ecke
Rufmord
ist hier
Alltag

5

Für Rinaldo Hopf

Liederlich wie die Nachbarin
will ich sein
Verdorben und dreckig
Schlampe
Eine läufige Hündin
die mit jedem geht
Schamlos
Auch ich will eine
Schande sein
Statt dessen sitze ich brav
im Konfirmandenunterricht
und träume von den
Hurenböcken
mit denen es die geile
Wildsau überall
treibt

6

Für Hans-Uwe Hohner

Gerne käme ich ab
vom
Pfad der Tugend
Wo
geht es hin
ins Verbotene
Keine schöne
Sünde
weist mir
den Weg

7

Für Waltraud Mantel

Selbst die Uhren
drehen durch
in dieser Ödnis
Wer nicht
die Zeit
totschlägt
fährt schnell
gegen
den nächsten
Baum

8

Für André Kraft

Hinter
bleichen Gardinen
halten wir
Ausschau
nach einer Neuigkeit
Notfalls
begnügen wir uns
mit
Schnee von gestern

9

Für Reinhard Knoppka

Weil er sie betrogen hat
Weil er sie geschlagen hat
Hat sie sich vor den Zug
geworfen

Wegen der Schulden
Wegen einer unheilbaren Krankheit
Hat er sich auf dem Dachboden
erhängt

Der ist aber sehr plötzlich
verstorben
Wenn da nicht jemand nachgeholfen hat

Wir wissen Bescheid

Nur Spielverderber
sterben hier eines
natürlichen Todes

10

Für Renate Eisenberg und Tennessee und Benedikt

Jetzt
wecken die Gespenster
schlafende Hunde
bis wer
ins Gras beißt
träumt jemand
und schreit
vergeblich
gegen die Stille
Die Leichen im Keller
stören nicht
die tödliche Ruhe

II

Für Berthold Kirchberg

Besoffene Schweine
heiraten
blöde Kühe
Ihre Kinder sind
dumme Schafe
Bastard Bastard
blöken sie
Was ich mal werden
will
wenn ich groß bin
weiß ich
Wolf
Wolf
Wolf

12

Für Sonja Köditz

Dieses Mädchen mit der Zahnspange
das ich einen Sommer lang liebte
verprügelte mich auf dem Schulhof
gemeinsam mit meinen Feinden
Niemand wußte
daß der Bankert
in Wirklichkeit
ein Königssohn
war

13

Für Ingrid Höhl

Von den Schmetterlingen
ließ sich
keiner fangen
Nur ein Sonnenstrahl
verhedderte sich
für einen Augenblick
in meinem Netz

14

In memoriam Anne-Marie Wirz

Arm wie die Kirchenmäuse
sind Mutter und Sohn
tuscheln die Leute
Nichts wissen sie
von der Schatzkammer
die wir mit prächtigen Tagen
füllen
Geschichten angelt uns meine Mama
wenn es nur Brot mit Marmelade
gibt
Den Tisch hat sie reich
mit Blumen geschmückt
die ihr beim Wandern
in die Hände wachsen
Uns nährt Freude
und zweisames Gelächter
Köstliche Mahlzeit
dreimal täglich
und öfter
Nichts wissen die Leute
von unserem Palast
in dem Mutter und Sohn
Königin und Prinz
die Leute vergessen

15

Für Jörg Rehmsmeier und Alexandra

Jeder Tag
war eine Geisel
der Gartenzwerge
allmächtig
spielten sie Gott
auf gemähtem Rasen
blieb der Zeit
die Luft weg
Glaubte ich
zu ersticken
stieg der
Große Bär
aus dem Wolkenwald herab
und holte mir
Atem
über die Kindheit
hinaus
wuchs ich
wild
in ungeduldigen Träumen
meinem Schicksal
entgegen
nicht mehr weit entfernt
Freiheit

16

Für Ralf Schreiber

Väterlich
trägt mich
der Schneemann
Huckepack
in einen
anderen Winter
Jahrzehnte entfernt
schlägt
sein weißes Herz
die Feinde des Bastards
eiskalt
in die Flucht
Fürchtet sich
Papa Schneemann
vertreibt
sein tapferes Kind
die lästigen Krähen
ihre gehässigen Rufe
sind machtlos
Mit jedem Winter
kehren
Vater und Sohn
in ihr Geheimnis
zurück

17

Für Alexandros Kypriotis

Im Schnee dieser Stunde
versinken die Jahre
lautlos
verweht mein Leben
über
die weiße Grenze
geht
das schlafende Kind
fährt Schlitten
mit mir im Traum
und ist dort
für immer
Schneekönig
dieser Stunde

Umwege

Für Renate Latimer

Das Feuer
schenkt mir
eine neue Gestalt
eines Tages
fliegt mir
aus der Luft
ein anderes Schicksal
zu
bleibe ich
wie lange
in meinem Element
Wasser und Erde
versöhnt
mit der Skizze
unvollkommen
nach wie vielen Millionen Jahren
kehre ich zurück
zum Anfang

Schattenspiele

In memoriam Ovo Maltine

Schneller als das Licht
läuft der Schatten
mir voraus
mir hinterher
Im zwielichtigen Schlaf
foppt mich
der Schelm
gleichzeitig
gestern und morgen
Staub
den er aufwirbelt
als wäre meine
Geschichte
nicht jetzt
schon lange vorbei

Das letzte Wort

Für Manfred Schlapp

Die Wolken über den Worten
ziehen weiter
Der Wind dreht sich
auf eine andere Seite
Nicht beschreibbar
sind die Tage
und Nächte
Im Sturm
vor der Stille
bleibt
das letzte Wort
unerhört

Tango

Für Ingeborg Kähler und Kapitän Claus

Frage und Antwort
spielen wir
Tag und Nacht
geht es
um
Leben und Tod
träumen wir
schlaflos
ein Schritt zwischen
Jetzt oder Nie
wagen wir
alles
Anfang und Ende
nur Tanz

Zeitreise

1

Für Angela Drescher

Der ich gewesen bin
in einem anderen Jahrhundert
ruft mich
in dieser Nacht
mit leiser Stimme
in jenes Land
das ich vergessen habe
Schlafwandler
im Nebel der Zeit
gehe ich
den langen Weg
zurück

2

Für Peter Rychlo

In wessen Gestalt
schlug mir
die Stunde
Zeit vor
trug ich
das Rätsel
von Schlaf
zu Schlaf

3

Für Thomas Wünsche

Hinfällig
ahmen meine Hände
Flügel nach
steige ich mir selbst
zu Kopf
nicht schwindelfrei
fliegen die Tage
auf
mit fremden Federn

4

Für Dariusz Korzeniowski

Atme
über jeden Tod
hinaus
Chamäleon
bleiben wir
listig und leise
scheinen wir
lange zu schlafen
verwandelt sich
hellwach
in der Stille
unser Schicksal

5

Für Margarete Härdtlein

Mit dem Schatten
tanze ich
dankbar
für Sonne und Mond
gehe ich gläubig
durchs Feuer
leiht Phönix
mir seinen Namen

Wüste

Für Hans Jecklin

Auf Sand gebaut
ist jedes Haus
in dem ich heimisch
werden will
Wie lange
bleibe ich
nirgendwo
Verlaufe mich
in jede Himmelsrichtung
Kaum noch sichtbar
die Fata Morgana
mein Leben
In der Stille
wartet der Skorpion
auf sein
Stichwort

Reisende

In memoriam Margot Walther

Verschwinden wir
von der Erdoberfläche
kündigt das Feuerzeichen
unsere Rückkehr an
Muttermal
auf der Haut eines Fremden
gehen wir
weiter
Luftbild
an einem Vormittag
in der Zukunft
verwandeln wir uns
unter der Sonne
nährt der Mond
jede Gestalt
die wir träumen
im schöpferischen Schlaf
steigen wir
mit dem Wasserspiegel
vom tiefsten Grund
auf
uns zu

Trauer

Für Rosa Rigendinger

Versteinert
vor all den
Versäumnissen
suchen wir
keinen Gipfel mehr
Jede Gewißheit
bröckelt

Diese Rinnsale
auf der Haut

Gott
den wir erfunden hatten
Berge versetzend
am Anfang
weint
noch immer
um uns

Aussicht

Für Hildegard Brenner

Durch die Risse
der Jahre
sickert
dieser unversehrte
Tag
ein Tropfen
im Flußbett
träume ich
Zeit
bis
alle Stunden
ins offene
Meer
münden

Ratlos

Für Daniel Sodenkamp

Ich weiß mir
nicht mehr ein
noch aus
alle Fragen
drehen
durch
im Kreis
stelle ich
die Zeit
auf den Kopf
Jahrein
Jahraus
bettele ich
närrisch
um Antwort
bis ich alle
Fragen
vergessen habe
In der Windstille
scheint nirgendwo
überall
sehr nah

Schnipsel

Für Sabine Arp

im Auge des Sturms
bin ich
nicht zu sehen
abgerissenes Kalenderblatt
steige ich auf
hochfliegend
in jede Himmelsrichtung
verzettelt sich
blindwütig
welches Rätsel
Schnipsel
im Auge des Sturms

Zenit

Für Dietrich Crüsemann

In welcher Währung
zahlt jedes Leben
am Ende seinen Preis
für die Leihgabe
die wir
vergeudet haben
träumen wir
furchtsam
am Zenit unserer Jahre
Für die Stunde
die wir lieben
gewährt
Gläubiger Gott
Aufschub

Manna

Für Lisa Rigendinger

Es nährt mich
die Manna der Sterne
aus versiegender Quelle
schöpfen sie
Nacht für Nacht
Atem
dem hungrigen Schlaf
Es nährt mich
die Manna der Wolken
Tag für Tag
bin ich
was ich träume

Zweifel

Für Thomas Schweikert

Gott ist eine Formel
denke ich
kein Geheimnis
bleibt übrig
für die Verzagten
die ohne Gebete
nicht zu leben
nicht zu sterben
wagen
Du bist ein Spinner
sagt Gott
den ich mir
ausgedacht habe
im fünfzigjährigen
Dunkel
meines Kinderzimmers
Warum zweifelst du
an mir
Mein nächtliches Gewinsel
ist uns beiden
peinlich
Gott
der sich uns
ausgedacht hat

mit unerschöpflicher
Phantasie
tröstet
sein verwirrtes
Kind

Bekenntnis

Für Maja Dornier

Wen suche ich
ergriffen
von welcher Gewißheit
im Tempel
überall
trägt mich
die Frage
unverschlüsselt
in Moscheen
Synagogen
Kirchen
feiere ich
leise und sterblich
das Rätsel

Alle
die wir gewesen sind
Alle
die wir sein werden
bleiben Reisende
in einem Traum
den wir nicht
deuten können

In jeder Gestalt
verrät sich
das Geheimnis
mächtiger
als alle Namen
die wir stammeln
bedürftig
seit Anbeginn
strömen
meine Gebete
in
alle Himmelsrichtungen
dankbar
für das Geschenk
Liebe
den großen Atem

Nachbarn

1

Für Holger Wicht und Paul Schulz

Manchmal
in
gewissen Nächten
schlafwandelt
der scheue Mieter
aus dem Hinterhaus
im
flatternden Pyjama
über die Dächer
und dirigiert
nicht ohne Pathos
das Konzert
der Kater

2

Für Frank-Thomas Mende

Ruhestörung
bei Vollmond
Roß und Reiter
unbekannt
Tänzelndes Huftier
wiehert
unaufhörlich
vor welcher Tür
kann ich nicht
sagen

3

Für Andreas Seifert

Seine bunten Murmeln
rollen
aus der Kindheit
aufmüpfig
in diese Nacht
hellwach
klickern sie
über den Parkettboden
bis
die Nachbarn
klingeln

4

Für Barbara Tscholl

Jetzt
läßt sie
ihre Puppen
tanzen
aus jeder Reihe
springen
die artigen Jahre
davon

5

Für Heike Schneider und Epi

Trunken
vor Jugend
werfen sie
ihre Angeln
aus
in die
allerhöchste
Wolke
Wünsche
als Köder
warten sie
wie lange
Irgendwann
läßt sie sich
fangen
ihre Stunde
Blau
wird sie sein
So blau
und
nie vergehen

6

Für Christian von Richthofen

Ich kann nichts dafür
daß ich mich
um Mitternacht
in einen Pfau
verwandele
Lästig
klingen meine Schreie
sagst du
Dabei schlage ich
nur für dich
mein Rad
Morgens
liegt auf deinem
Kissen
eine rote Feder

7

Für Christina Reuber

Landet das Raumschiff
nach Lichtjahren
der Sehnsucht
in meinem Leben
zögere ich
zu lange
der Einladung
dieser
freundlichen Fremden
zu folgen
So bleibe ich
noch eine Weile
Gast
auf dem Planeten
Erde
bevor
meine Reise
in die
Unendlichkeit
beginnt

8

Für Anke Dewitz-Grube und Bernd und Selene

Erregt
von der Unglaubwürdigkeit
seiner Existenz
hockt ein Außerirdischer
in meiner Badewanne
Offensichtlich
genießt er
das Schaumbad
und die Massage
mit Wildrosenöl
Kitzele ich ihn
an gewissen Stellen
klingt sein Lachen
unbeschreiblich
wie das Kichern
der Sterne

9

Für Kerstin Bönisch und Marek

Sofa und Tisch
suchen sich
einen neuen Platz
Ebenso
Fernsehapparat und
Stereoanlage
die Dinge beschließen
von nun an
etwas verrückt
zu sein

10

Für Renate Reinhardt

Die Fusseln
meines kleinlichen Lebens
verschmäht
der alte Staubsauger
Lieber tanzt er
Kaiserwalzer
mit mir
und wartet
daß wir uns beide
aus dem Staube machen
eines Tages

11

Für Reinhard Schlasa

Im verwunschenen
Haus
ist alles
an seinem Platz
Ich trete auf
der Stelle
und spiele nicht
mit dem Feuer
Alles wird sich
zum Guten wenden
denke ich
und irre mich
menschlich

12

Für Frank Breul

Barfuß
trete ich
in die Scherben
von etwas
das schon
vor vielen Jahren
kaputtgegangen
ist
Blutflecke
am Sofa
auf dem ich
die Zeit
totschlage

13

Für Rosita Schweizer

Was ist vorbei
hinter den Fenstern
für immer vorbei
läßt sich
nicht messen
nicht wiegen
nicht sagen
Was genau ist es
fragt jemand
die Stille
Was kommt nie wieder
Schau
aus dem Fenster
antwortet Schweigen
Immer
geht etwas
vorbei

14

Für Andreas Strassmann

Daß ich so oft
außer mir bin
und
um Fassung ringe
finden alle
seltsam
als gäbe es
keine Gründe
den Mond
anzuheulen

15

Für Tilman Krause

Mit Pauken und Trompeten
falle ich
durch
geweißte Decken
auf den Schlaf meiner Nachbarn
Was ist das für ein
Höllenlärm
werden sie fragen
und vielleicht
verstehen
daß über ihnen
jemand
schrecklich leidet

16

Für Hans-Dieter Heil

Wir gehen nicht
zu Grunde
bei guter Gesundheit
sterben wir
an der Oberfläche
lebenslang

17

Für Stephan Niederwieser und Sven Erik

Immerzu
halte ich
Ausschau
nach dir
Auf den Dächern
von Wolkenkratzern
übe ich
Kopfstand
Immerzu
renne ich
dir
entgegen

18

Für Michael und Isabelle Walch

Ich liebe sie
denkt er
Ich liebe ihn
denkt sie
bevor sich beide
in ihren Umarmungen
entfernen

19

Für Gabriele Greiner-Robin

Die traurigen Schuhe
vor der Tür
meiner Nachbarin
sind in der Nacht
zum 6. Dezember
keine Seufzer
im Hausflur
Hoffnungsvoll
betreten sie
diesen Tag
Auch ich werde
meinen Stiefel
rausstellen
Viel zu lange
habe ich
Nikolaus vergessen

20

Für Katêrina Liz Sýkorová

Verhexe mich selbst
vielleicht um Mitternacht
unter dem grünen Warzenmond
ziehe ich mich
an den eigenen Haaren
aus dem Sumpf
der buckligen Tage
zu viele Kröten
in der Nachbarschaft
zu viele Unken
kein Frosch
eignet sich
für
prinzliche Metamorphosen
Auf meinem Besen
fliege ich
mißgünstigen Mutmaßungen
über mich
davon
nicht zur Hölle
fahre ich
nicht zum Teufel
schere ich mich

Auf meinem Besen
kehre ich
vor der
eigenen Haustür
zu den Wolken
zurück

21

Für Marcus Brühl

Eine Weile
tanzen wir Walzer
mein alter Staubsauger
und ich
bis er mich
überwältigt
von welcher Erinnerung
stürmisch
inmitten der
alltäglichen Krümel
auf den Teppich
wirft
auf dem ich
nicht bleibe

22

Für Carola Schefer

Ich weiß nicht
wen er nachts
in seinen Armen
hält
Dieses dankbare
Geschöpf
das ihn anhimmelt
hat er sich
ausgedacht
ohne mich
zu fragen
Wenn die beiden
Liebe machen
will ich
nicht stören

23

Für Klaus Berndl

Jane
will ich sein
für Tarzan
seinem Ruf
in die Wildnis
folgen
Im Lendenschurz
begrüßen wir
gläubig
die Sonne
Wer uns
im Filmmuseum
wähnt
wird sich
wundern
Jetzt
schwingen wir uns
empor
von Baum
zu Baum
und lachen
über
die Großstadtaffen

24

Für David Rollik und Bernhard

Wer trank
aus meinem Glas
Wer aß
von meinem Teller
Wer schläft
in meinem Bett
Tag für Tag
schenke ich
einem Fremden
reinen Wein
ein
Löffele seine Suppe
aus
Schlafe in seinem
Bett
und träume
Wer

25

Für Otto Lappalainen

der Schatten
den ich werfe
trifft jeden
unvorbereitet
niemand will
ihn
auffangen
als wäre er
nicht auszuhalten
der Schatten

26

Für Barbara und Thomas Protzmann

Noch einmal
soll
Damals
sein
in deinen Armen
Jetzt
wie früher
mit dir
gemeinsam
an
Morgen
glauben

27

Für Mauka Klomsdorff

Unsere Jahre
hüte ich
wachsam
die fetten
die mageren
gehen mir
nicht
verloren
Den Wolfshunger
der Zeit
habe ich
im Auge
Ich schlafe
nicht ein
Noch immer
wärmt mich
unser Feuer

28

Für Boris Hruschka

Herz schlägt weiter
obwohl wir
uns
nicht mehr
lieben
atme ich
immer noch
unerlöst

29

Für Dieter Haack

Was wir nicht wagen
bleibt Schatten
uns auf den Fersen
folgt Reue
zu spät

30

Für Bernhard Schlink

Ein Doppelleben haben
meine Füße
schläft der eine
streunt der andere
durch die Nacht
tanzt für den Mond
und geht
eigene Wege
tagsüber
sieht es so aus
als liefen
beide Füße
brüderlich
in die gleiche
Richtung

31

Für Josef Biedermann

Wenn wir schlafen
erwacht
unser verschwiegenes
Leben
und spricht sich
aus
in der Ohrmuschel
der Nacht
dröhnt Wahrheit
gnadenlos ehrlich
hört sie
nur der Engel

32

Für Bruno Kümin

Was wir verschweigen
seit Jahren
sickert durch
den hellhörigen Schlaf
einer Sekunde
schreit alles
zum Himmel

33

Für Michael Sollorz

Wer ich bin
weiß
niemand
Hinter den Wänden
brüten
kommende Tage
Unheil aus
Freund oder Feind
träume ich Tod
fremd
für mich selbst

34

Für Gabriela Zorn und Jörg Wilkendorf

Hinter meiner Maske
altere ich
von mir selbst
verlassen
auf das Ende
zu
während ich
Jugend
simuliere
für den Werbespot
der Nächte
sterbe ich
in jeder
Großaufnahme
for ever young

35

Für Fritz List

Deine Rose bin ich
ohne Dornen
schon lange
trockne ich
aus
immer noch
schön
irgendwie
bleibe ich
in deiner Erinnerung
Rose

36

Für Mathias Traxler

Stille
werde ich sein
Schlaf
ohne Atem
in niemandes Traum
erwachen

Doch heute
will ich
den ganzen Tag
singen

37

Für Kriss Rudolph

Alles
gäbe ich dir
Alles
wärest du mir
Niemand liebte
dich
so wie ich
Bist du sicher
daß es dich
nicht gibt

38

Für Walter Heise und Ilka und Friso

Stunden
rolle ich
die Tage
rauf
die Nächte
runter
auch umgekehrt
immer wieder
auf dem Weg
zu dir
fällt er
mir ein
der Grund

39

In memoriam Kike Hohendahl

Die Schuhe im Flur
wandern aus
in die Vergangenheit
in die Zukunft
leuchten die Sterne
jetzt und für immer
Hut und Mantel
sind schon unterwegs
am Ende der Welt
am Anfang der Zeit
geht alles
weiter

Inhalt

Mario Wirz wurde 1956 in Marburg an der Lahn geboren und wuchs in Frankenberg auf. Nach dem Abitur Schauspielausbildung in Berlin. Engagements in Berlin und Kiel, danach Autor, Regisseur und Schauspieler bei verschiedenen Projekten. Er lebt seit 1988 als freier Autor in Berlin. Mario Wirz erhielt mehrere Preise.

Werke: *Es ist spät, ich kann nicht atmen. Ein nächtlicher Bericht* (1992); *Biographie eines lebendigen Tages* (Erzählung, 1994) und *Umarmungen am Ende der Nacht* (Erzählungen, 1999) sowie die Lyrikbände *Ich rufe die Wölfe* (1993); *Das Herz dieser Stunde* (1997) und *Sieben Leben hat die Woche. Gedichte 1981–2002* (2003).